CRIC CRAC

CRÙBAG

DHA A.P.

Le taing dha Emily Ford agus Kayt Manson

A' chiad fhoillseachadh sa Bheurla an 2010 le Leabhraichean Chloinne Macmillan
An deasachadh Beurla seo air fhoillseachadh an 2011 le Leabhraichean Chloinne Macmillan
earrann de Fhoillsichearan Macmillan Earranta, 20 New Wharf Road, Lunnainn N1 9RR
Basingstoke agus Oxford.
www.panmacmillan.com

A' chiad fhoillseachadh sa Ghàidhlig 2012 le Acair Earranta
7 Sràid Sheumais, Steòrnabhagh, Eilean Leòdhais HS1 2QN

www.acairbooks.com   info@acairbooks.com

An tionndadh Gàidhlig Tormod Caimbeul
© an tionndaidh Ghàidhlig Acair
An dealbhachadh sa Ghàidhlig Mairead Anna NicLeòid

1 3 5 7 9 8 6 4 2

Chuidich Comhairle nan Leabhraichean am foillsichear le cosgaisean an leabhair seo.

Tha Acair a'faighinn taic bho Bhòrd na Gàidhlig.

Fhuair Urras Leabhraichean na h-Alba taic airgid bho Bhòrd na Gàidhlig
le foillseachadh nan leabhraichean Gàidhlig *Bookbug*

Gheibhear clàr airson an leabhair seo ann an Leabharlann Bhreatainn.

Clò-bhuailte sa Bheilg

LAGE/ISBN 9780861523993

Tha 10 casan air crùbag –
8 casan deiridh 2 chas toisich –
na h-ìnean mòra –
Obh, obh, ma bheireas iad ort!

CRIC CRAC
CRÙBAG

A' Ghàidhlig le Tormod Caimbeul

tim hopgood

acair

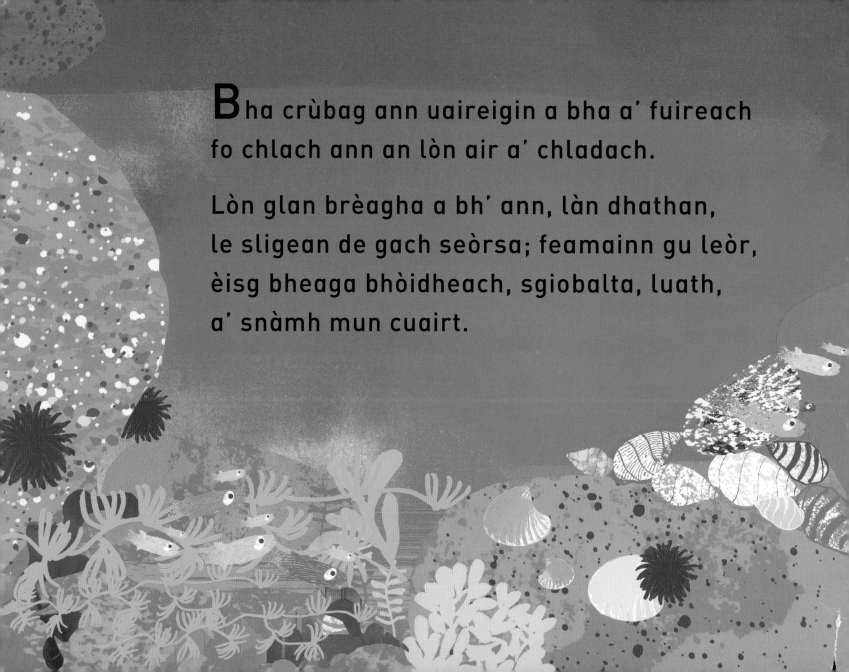

Bha crùbag ann uaireigin a bha a' fuireach
fo chlach ann an lòn air a' chladach.

Lòn glan brèagha a bh' ann, làn dhathan,
le sligean de gach seòrsa; feamainn gu leòr,
èisg bheaga bhòidheach, sgiobalta, luath,
a' snàmh mun cuairt.

Ach dh'fhàs a' chrùbag sgìth dhen lòn.
An cuan mòr gorm, ars ise rithe fhèin, sin an
t-àite dhòmhsa. 'S a-mach leatha, crùbagach
gu taobh cric-crac cuairt.

Cric-crac ghabh i seachad air
aon fhaoileag a bha a' sgarrghail air bàrr creige.

Cric-crac seachad air

dà ròn ghlas nan cadal sa ghrèin.

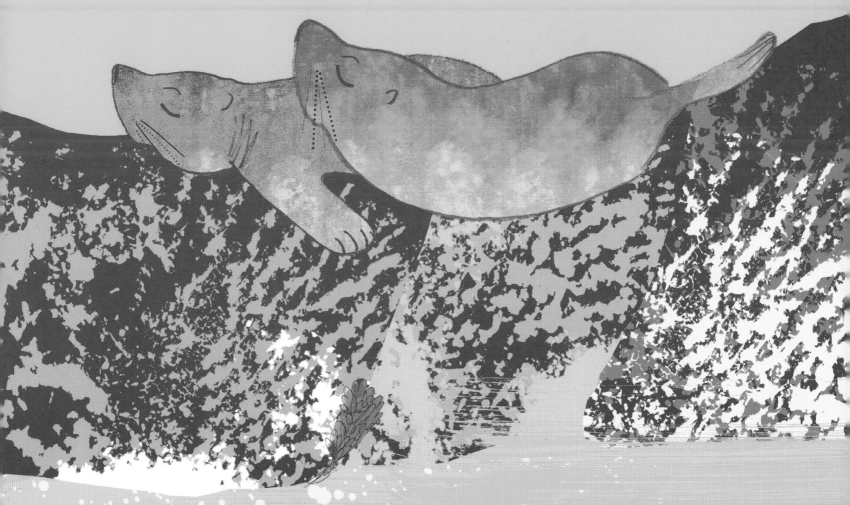

Cric-crac seachad air
trì crosgain bhiorach tioram air an tràigh.

Cric-crac splais! Siud i
crùbagach gu taobh
dhan chuan mhòr ghorm.

Stad a' chrùbag bheag
agus thug i sùil mun cuairt.

4

Chunnaic i **ceithir** ochd-chasach èibhinn a' smèideadh san uisge.

5

Agus **còig** muir-tiachd
a' dannsa suas agus sìos.

6

Cric-crac crùbag,

seachad air **sia** turtaran
a-null 's a-null a' turtalaich.

7

Agus **seachd** eich-mhara stobach, srùpach a' plumadaich.

8

Shuidh a' chrùbag bheag
fo chraobh fheamainn
a' faicinn sgaoth èisg –
bha **ochd** ann gu lèir –
a' falbh 's a' tighinn.

Tha an cuan mòr gorm,
ars ise rithe fhèin,
mìorbhaileach –
dìreach mìorbhaileach!
Na chì thu ann!

9

Ach an uair sin, faisg air grunnd na mara,
dh'fhàs an t-uisge fuar ...

agus dorch.

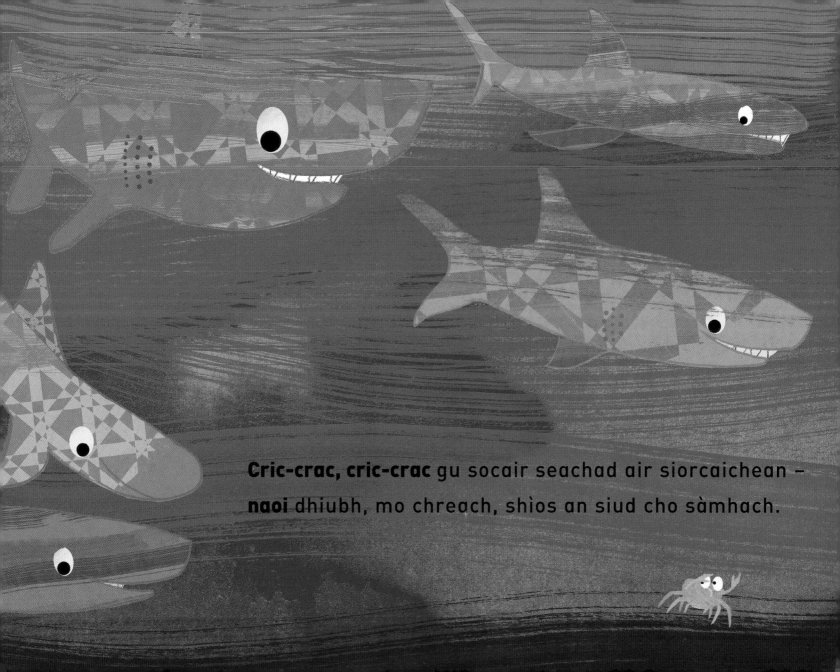

Cric-crac, cric-crac gu socair seachad air siorcaichean –
naoi dhiubh, mo chreach, shìos an siud cho sàmhach.

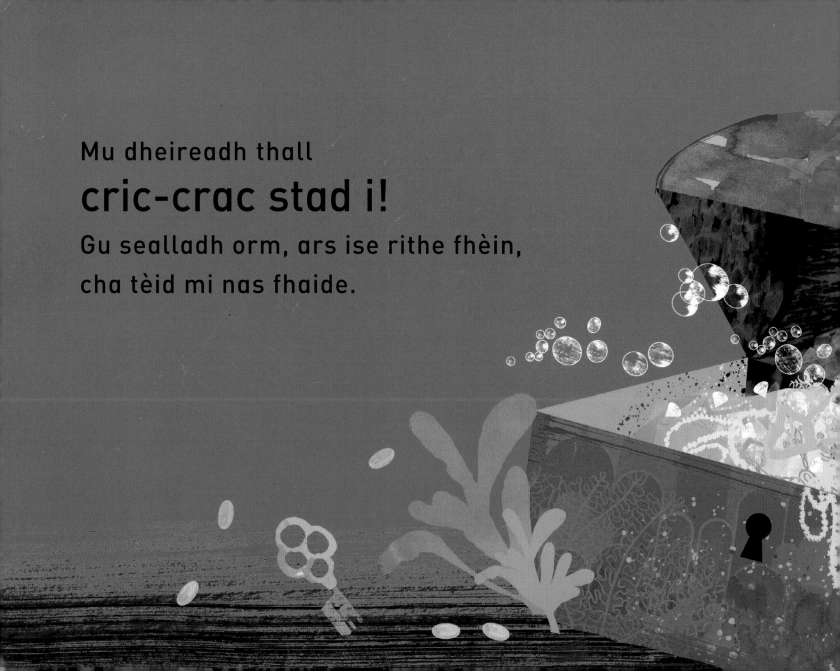

Mu dheireadh thall

cric-crac stad i!

Gu sealladh orm, ars ise rithe fhèin,
cha tèid mi nas fhaide.

Ach an ceann greis
chuimhnich i air an lòn air a' chladach –
na sligean agus am feamainn a bh' ann,
agus na h-èisg bheaga bhòidheach
a' snàmh mun cuairt.

Tha an cuan mòr gorm glè mhath,
ars ise rithe fhèin,

ach feumaidh mise a-nis
a dhol **cric-crac**
dhachaigh.

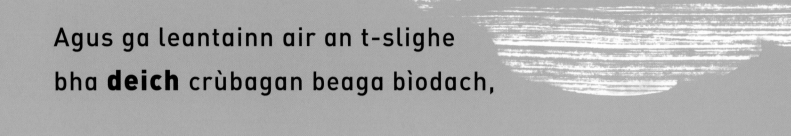

Agus ga leantainn air an t-slighe
bha **deich** crùbagan beaga bìodach,

's iad a'coiseachd cric-crac crùbagach gu taobh,

dìreach mar am mamaidh!

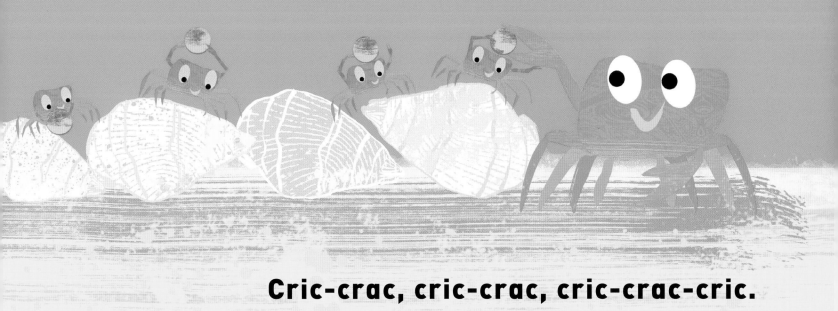

Cric-crac, cric-crac, cric-crac-cric.

1 aon   **2** dhà   **3** trì   **4** ceithir   **5** còig

Tha deich buinn òir air am falach san lòn.

Feuch, led shùilean geur, an lorg thu iad gu lèir.

6 sia   **7** seachd   **8** ochd   **9** naoi   **10** deich

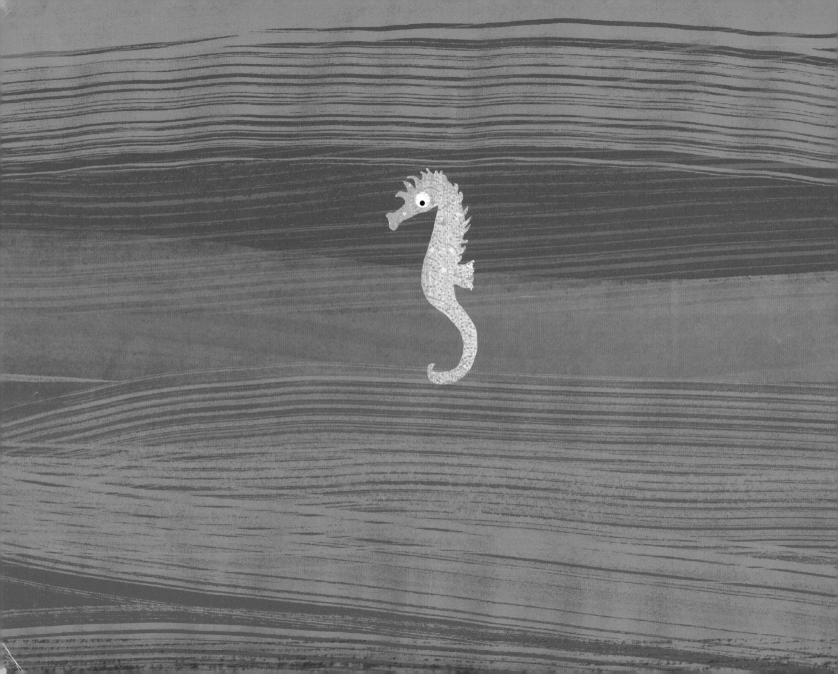